LES AMANS EN POSTE,

OU

LA MAGICIENNE SUPPOSÉE,

COMÉDIE EN TROIS ACTES;

Par M. CAIGNIEZ.

Représentée à Paris, pour la première fois, sur le théâtre de l'Ambigu-Comique, le 22 ventose an XII.

A PARIS,

Chez BARBA, Libraire, Palais du Tribunat, galerie du Théâtre Français de la République, n°. 51.

AN XII. (1804.)

J'avais donné en l'an neuf, sous un autre titre, une pièce en quatre actes, que je fus obligé de retirer après la dixième représentation, à cause du peu d'ensemble qu'offrait son exécution. Je n'ai pu devoir qu'au mérite du fond, l'accueil qu'on voulut bien cependant faire alors à la pièce. C'est ce fond que j'ai refondu entièrement pour en composer ce nouvel ouvrage. Tout le premier acte, la moitié du second et une partie du troisième sont entièrement neufs.

Si l'on me reprochait de changer de lieu à chaque acte, je me prévaudrais de l'exemple que m'en a donné M. Picard, dans sa charmante comédie du Conteur. Il est vrai qu'il ne nous fait courir que deux postes, tandis qu'en comptant celles que je brûle, j'en fais courir sept de Ribécourt à Paris ; mais puisqu'on nous accorde vingt-quatre heures, je crois qu'il est tout aussi facile de faire vingt lieues que cinq, dans cet espace de tems. Dans ma pièce, comme dans celle de M. Picard, le spectateur n'a qu'à se figurer, pour se prêter à l'illusion, que la loge où il se trouve commodément assis est une berline si bien suspendue, que sans le moindre cahot, sans même s'en appercevoir, il se trouve toujours avoir devancé nos personnages dans les lieux où ils doivent s'arrêter. Au reste, si l'on s'amuse et sur-tout si l'on rit, on ne me demandera pas compte plus qu'on ne l'a demandé à M. Picard, de cette petite infraction à l'une des loix d'Aristote.

On trouvera peut-être quelque rapport pour le fond du sujet entre cette pièce et celle des italiens intitulée : d'*Auberge en Auberge*. Heureusement, quand j'apperçus cette dernière sur l'affiche et avant sa représentation, j'ai eu soin de prendre date dans le Courrier des Spectacles, où j'ai offert de prouver que ma pièce avait été précédemment plus de deux ans entre les mains de Picardeaux, directeur de l'Ambigu. Je suis persuadé que l'auteur d'*Auberge en Auberge*, assez riche de son propre fond, n'a pas eu besoin de ma pièce pour imaginer son sujet ; mais il était intéresssant pour moi de prouver que je ne lui dois rien.

<table>
<tr><td>

PERSONNAGES.

</td><td>

ACTEURS.

</td></tr>
<tr><td>

FLORVILLE, jeune officier.
ÉMILIE ou LUCENDA.
Mad. de FORLIS, tante d'Émilie.
LYSIMON, oncle de Florville.
DORINE, suivante d'Émilie.
VINCENT, valet de Florville.
Une MAITRESSE d'Auberge.
Un AUBERGISTE.
Une fille d'Auberge.

</td><td>

M. *Tautin.*
Mlle *Lévêque.*
Mlle *Bourgeois.*
M. *Dumont.*
Mme *Laporte.*
M. *Corsse.*
Mlle *Lagrénois.*
M. *Lebel.*
Mlle *Sophie.*

</td></tr>
</table>

Une jeune Paysanne.
Un Paysan.

Personnages muets.

Domestiques, dont plusieurs en livrée et deux déguisés en musiciens forains.
Gens d'Auberge.
Paysans, Paysannes et Ménétriers.
Danseurs et Danseuses.

La scène est sur la route de Bruxelles à Paris, aux deux premiers Actes, et à Paris au troisième.

LES AMANS

EN POSTE,

OU

LA MAGICIENNE SUPPOSÉE.

ACTE PREMIER.

La scène est à Ribécourt et le théâtre représente la cour d'une auberge ; à gauche est l'entrée de la maison, ombragée de quatre tilleuls. A droite, le mur d'un jardin. Un bout de charmille et le toît d'un kiosque, qu'on apperçoit au-delà, indiquent que c'est le jardin d'un château. Ce mur est percé d'une petite porte qui donne entrée dans la cour de l'auberge. Dans le fond est un mur à hauteur d'appui, surmonté d'une grille qui laisse voir la grande route. Sous les tilleuls une table et des chaises.

SCÈNE PREMIÈRE.

FLORVILLE, LA MAITRESSE de l'Auberge.

L'HOTESSE, *avec l'accent italien.*

Voyez, monsou, si vous aimez lé grand air, on vi servira sous ces arbres ; et vous né serez pas importouné dou monde qui remplit in quouesto momento les salles dé l'auberge.

FLORVILLE.

Je serai fort bien ici, madame.

L'HOTESSE, *arrangeant la table.*

Vous allez être servi.

FLORVILLE, *regardant le mur du jardin.*

Je vois là-bas un fort beau château.

L'HOTESSE, *parlant très-vîte.*

Oui, monsou, il est très-beau. Cette aubarge en dépend,

commé pouvez lé voir par cetté porte di djardinó qui ouvre
dans ma cour. La signora qui habita quoucsto château dipouis
quoualqué tems est si amabilé que ceux même qui né pou-
vent l'entendre en sont enchantés. Car vous saurez qu'ellé
ne sait pas encore oun mot di français. Elle est italiana :
commé je souis del souo pays, jé fis bientôt sa connaissance,
et la signora Laurentina est si bona, si honesta, qu'il né
sé passé pas dé jour qu'ellé né vienne familierement chez
moi par cetté pétite porte, et Dio sa coumé nous jasons !

F L O R V I L L E, souriant.

Je le crois facilement. Faites-moi l'amitié de me faire
servir promptement.

L' H O T E S S E.

Oui, monsou ; sara presto, presto.

F L O R V I L L E.

Faites veiller à ce qu'on ne donne point à d'autres les
premiers chevaux qui rentreront à la poste.

L' H O T E S S E.

Noulle inquiétoude, monsou. Del mio comptoir jé vois
à la posta toutto entrar et sortir. (elle sort.)

S C E N E I I.

F L O R V I L L E, seul, tandis qu'un garçon d'auberge
va et vient pour couvrir la table.

J'arriverai sûrement cette nuit à Paris. Nous avons été
un train ! ne semble-t-il pas que c'est après le bonheur que
je cours ! tandis que je le laisse peut-être derrière moi, pour
aller épouser une personne que je n'ai jamais vue, que j'ai-
merai... si je puis. Charmante Lucenda ! je t'ai quittée pour
toujours, sans doute. Mais, qui est-elle? devais-je, pour
cette inconnue, toute aimable qu'elle est, sacrifier mon
avancement, ma fortune, toutes les convenances? Non,
non. J'ai du répondre aux intentions de mon oncle Lysimon. Émilie de Vermont, belle, riche, et fille d'un officier
distingué, mort l'année dernière au champ d'honneur,
me convient sous tous les rapports. J'ai accepté, et le cher
oncle d'ailleurs, naturellement expéditif, aura déjà fait
en mon nom tous les arrangemens convenables, avec cette
madame de Forlis, tante d'Émilie, dont il me parle dans
sa lettre. Il n'est donc plus tems de m'en dédire.

(il s'assied à table.)

SCENE III.

FLORVILLE, VINCENT.

(Vincent entre avec un sac de nuit, une épée et des pistolets qu'il
pose sur une chaise.)

FLORVILLE.

A quoi donc t'amuses-tu, Vincent?

VINCENT.

C'est notre hôtesse qui m'amuse. Elle aime à jaser, la
chère dame ; mais comme j'ai faim, et soif surtout, je ne
lui prêtais qu'une oreille distraite, en voyant aller et venir
le garçon qui vous servait.

FLORVILLE.

Eh bien, dépêche-toi de satisfaire à des besoins si pres-
sans. Nous n'avons pas de tems à perdre.

VINCENT.

Monsieur, il m'en faut très-peu pour faire beaucoup de
besogne.

(Il boit et mange debout et avec avidité. Florville ne touche pres-
qu'à rien et paraît rêveur.

Je vais donc voir ce Paris dont on m'a tant parlé ! j'y voudrais être déjà. Et ce mariage surtout ! oh ! comme je vais
m'en donner ! (*il boit.*) Ah ! mon cher maître, vous avez
bien fait de vous déterminer à accepter la proposition de
monsieur votre oncle.

FLORVILLE.

Sans doute, pour procurer à M. Vincent le plaisir d'une
noce ?

VINCENT.

J'imaginais que vous-même... mais, je le vois, vous pen-
sez toujours à votre belle inconnue.

FLORVILLE.

Je ne reviens pas encore de l'étonnante ressemblance
qu'avait avec Lucenda, cette dame que j'apperçus tantôt à
Saint-Quentin, je suis fâché que tu n'aies pu la remarquer
comme moi. Tandis qu'on changeait nos chevaux ; je la
vois descendre d'une voiture élégante : son regard se fixe
un instant sur moi, et elle entre dans une auberge ; j'y
cours, j'interroge ; cette dame, me dit-on, arrive de Paris,
et repart dans le jour pour la Hollande. Sa route croisait
donc la nôtre, et ce ne pouvait être Lucenda. Alors je n'in-
sistai plus pour la voir.

VINCENT.

Peut-être eûtes vous tort. Qui sait si cette belle dame n'é

tait pas Lucenda elle-même, qui, pour mieux graver ses traits dans votre ame...

FLORVILLE.

Lucenda? quelle apparence ! je la quitte hier à Bruxelles. Au moment même du départ, je la vois encore de ma voiture, penchée sur sa fenêtre et essuyant ses larmes. Les chevaux nous entraînent, et après avoir roulé trente-six lieues sans nous reposer, tu veux qu'elle ait pu se trouver avant nous à Saint-Quentin ?

VINCENT.

Il est vrai que si c'était elle, ce n'est que par magie qu'elle aurait pu... Elle est fort singulière, au moins, votre Lucenda; il y a dans son fait un mystère qui n'est pas de bon augure.

FLORVILLE.

Et voilà justement ce qui me pique. Ce caractère mystérieux qui distingue Lucenda aurait fini par m'enflammer tout de bon. Une dame voilée et vêtue de noir vient loger dans le même hôtel garni. Le voisinage, un léger service que le hazard me donne l'occasion de lui rendre, me lie avec elle. Elle veut rester inconnue ; mais je vois sa beauté, j'admire ses talens, ses connaissances dans les arts et les hautes sciences ; j'étais enfin subjugué, si la lettre de mon oncle n'était venue brusquement interrompre le fil de mon roman.

VINCENT.

Mais quel en eut été le dénouement ?

FLORVILLE, se *levant de table.*

Que sais-je ? ce n'est que d'illusions que se nourit l'amour. Une belle ne doit pas être pour nous un être ordinaire. Telle qu'une substance céleste, elle ne devrait se laisser entrevoir qu'à travers des nuages. Alors ce qu'on découvre de ses charmes, travaille l'imagination, et comme l'éclair qui s'échappe, lance le feu de l'amour dans tous les cœurs.

VINCENT.

Eh ! je conçois cela ; par exemple, un jour j'entrevis chez madame Lucenda certaine soubrette, qu'elle appela Dorine. Cette fille sortit aussitôt et n'a point reparu depuis. Eh bien ! le joli minois de cette Dorine, qui a passé comme un éclair devant mes yeux, m'émut tellement le cœur, qu'il en palpite encore en vous en parlant. Je suis très-content aujourd'hui qu'une fille qui appartenait à cette femme-là, ne m'ait pas laissé le tems de l'aimer comme un fou. Car pour vous dire mon sentiment sur madame Lucenda... je crois que ce n'est pas une femme naturelle.

FLORVILLE.

Comment l'entends-tu ?

VINCENT.

Oh !... j'ai remarqué certaines choses... me direz-vous,
pourquoi ces instrumens étranges, dont son appartement
est rempli ? et sur des réchauds, ces bouteilles à longs cous
qui ne renferment, j'en suis sûr, que des drogues infernales.

FLORVILLE, *riant.*

Ah ! ah ! ah ! ah ! je vois que tu prends pour de la sorcellerie des instrumens de physique et des ustensiles de chimie !

VINCENT.

Oui, chimie ! n'avons-nous pas une fois été témoin de la
manière dont elle sut découvrir celui qui avait volé notre
hôtesse ? Elle fait rassembler tous les domestiques de l'hôtel
dans une salle. Une baguette d'une main, un gros livre de
l'autre, elle n'a pas plutôt prononcé quelques mots barbares,
que son regard furieux s'arrête sur un pauvre palefrenier qui
se tenait transi dans un coin ; et le misérable, entraîné par
la force de la conjuration, tombe à ses génoux et s'avoue
coupable. Est-ce avec la chimie qu'on fait de pareilles choses ?

FLORVILLE, *souriant.*

Sais-tu, Vincent, que je fus alors tenté moi-même d'employer le secours de son art, pour découvrir aussi par quelle
fatalité, certaines bouteilles d'un vin, que je ménageais pour
ma santé, se vuidaient si vîte.

VINCENT.

Ah ! monsieur ! vous me faites trembler d'en avoir eu seulement l'idée ! Employer la magie pour une bagatelle !

FLORVILLE.

C'est ce que j'ai pensé. Ainsi te voilà bien persuadé de la
sorcellerie de Lucenda ?

VINCENT.

Eh !... monsieur... que savez-vous si votre amour n'est
pas l'effet d'un charme qu'elle a jeté sur vous ?

FLORVILLE.

Toute femme jeune et jolie est naturellement initiée dans
les secrets de cette magie-là. Mais tu vois que ma raison est
encore plus forte que tous les enchantemens de cette belle
inconnue.

VINCENT.

Votre raison !... pourvu cependant qu'une nouvelle ressemblance ne vienne pas s'offrir à nous, avant d'arriver à
Paris.

FLORVILLE, *retournant vers la table.*

Ma résolution est trop bien affermie. Lucenda elle-même..
(*s'appercevant qu'il foule quelque chose à ses pieds*) Quel
est ce bijou ? (*ramassant un médaillon.*) Un portrait ! Que

Les Amans en poste.   B

vois-je ? (*avec beaucoup d'agitation.*) Mais y a-t-il quelque chose de comparable à ce qui m'arrive ? Ce n'était pas assez de rencontrer à Saint-Quentin une copie si parfaite de Lucenda ; ici , là , à mes pieds , à cinquante lieues de Bruxelles où je l'ai laissée, il faut que je trouve encore son portrait ! regarde , regarde , Vincent. Je ne me trompe pas , sans doute ?

VINCENT, *reculant effrayé.*

Monsieur...

FLORVILLE, *vivement.*

Eh ! regarde donc, imbécille ; le portrait d'une belle n'est pas effrayant, je pense ?

VINCENT.

D'accord... mais c'est que je vois la dedans... (*regardant le portrait.*) C'est elle , monsieur , c'est elle ! cependant , attendez donc. Madame Lucenda a les cheveux chatains-clair et celle-ci les a noirs

FLORVILLE.

Qu'importe ! les femmes aujourd'hui ne les ont elles pas comme elles les veulent ? mais les traits ? les traits ?

VINCENT.

Oui, oui, c'est bien cela.

FLORVILLE.

Va dire à l'hôtesse de venir me parler : elle m'expliquera peut-être comment ce portrait se trouve égaré chez elle.

VINCENT.

J'y cours, monsieur.   (*il sort.*)

SCENE IV.

FLORVILLE, DORINE, et deux Hommes.

(A la fin de la scène précédente, Dorine, vêtue en villageoise toscane, paraît sur le grand chemin au-dela de la grille, et fait observer aux deux hommes qui l'accompagnent que Florville a trouvé le portrait. Elle tient une guittarre ou une vielle, ses camarades ont , l'un une basse et l'autre un violon. Ils accordent un instant leurs instrumens.)

FLORVILLE, *se retournant.*

Ah ! voilà parmi ces musiciens ambulans , une jeune personne qui a vraiment fort bonne grace.

(Il va s'asseoir et examine le portrait avec plaisir. Dorine et ses camarades exécutent sur leurs instrumens l'air de la romance suivante.)

Charmante Lucenda. !

(Il baise le portrait ; puis remarquant l'air de la romance , il en paraît frappé.)

DORINE, *chante sur l'air de la romance à trois notes de ma Tante Aurore.*

Lise disait, avec douleur,
A Lindor qui pleurait comme elle :
Tu pars, Lindor : mais de mon cœur
La blessure est bien plus cruelle !
Objets nouveaux, trop cher amant,
Bientôt calmeront ta tristesse ;
Tes larmes coulent en partant,
Je reste pour pleurer sans cesse !

FLORVILLE.

Quel est donc le charme qui m'entoure ? tandis que mes yeux fixent son image, il faut justement que l'air de sa romance favorite vienne frapper mon oreille !
(L'air fini, Florville tire de la monnoie et va l'offrir à Dorine.)

DORINE.

Nous n'accepterons rien, monsieur, que je vous aye dit votre bonne aventure.

FLORVILLE.

Eh bien, j'y consens. Entrez, je vous prie, dans l'auberge.
(Dorine et les deux hommes passent dans la coulisse à gauche.)

FLORVILLE, *à lui-même.*

Ma bonne aventure ! elle est au moins fort bizarre !

SCENE V.

FLORVILLE, VINCENT, DORINE, et les deux Hommes.

FLORVILLE, *à Vincent qui rentre.*

Eh bien, l'hôtesse ? va-t-elle venir ?

VINCENT.

Dans quelques minutes, monsieur. *(regardant entrer Dorine.)* Tenez, si vous êtes curieux de savoir votre bonne aventure, je viens d'apprendre dans la cuisine que ces gens-là disent des choses étonnantes.

FLORVILLE.

Voyons donc.

DORINE, *bas à un de ses camarades.*

Le valet seul pourrait me reconnaître ; car le maître ne m'a jamais vue ; mais si je leur fais croire que je suis la fille de notre hôtesse...

VINCENT.

Elle est bien jolie, cette bohémienne !

FLORVILLE, *à Dorine.*

Eh bien, ma belle, que me direz-vous ?

VINCENT, *à part.*

Sa figure ne m'est pas inconnue !

DORINE, *à Florville.*

Donnez-moi votre main. Que j'examine ces lignes. Ah ! monsieur, que de trouble et de contradiction dans votre cœur !

FLORVILLE.

Vous n'y lisez déjà pas mal.

DORINE.

Vous allez vous marier à Paris. Mais ce n'est point l'inclination qui vous y porte. Que vois-je ? une tendre amante que vous avez laissée hier dans les larmes !

VINCENT, *stupéfait.*

Là, voyez ! elle voit cela dans sa main !

DORINE.

Ah ! monsieur ! vous êtes bien cruel ! mais je la vois vengée ; car son image vous poursuit ; vous croyez la voir partout... Votre main tremble, monsieur ?

FLORVILLE.

Savez-vous, aimable bohémienne, que votre science commence à m'inquiéter ?

DORINE.

Je devine encore, monsieur, que sur ce bijou que vous tenez, se trouve le portrait d'une personne qui vous intéresse beaucoup.

FLORVILLE.

Un portrait dans les mains d'un jeune homme, signifie assez souvent ce que vous dites-là.

DORINE.

Sans doute ; mais je compatis aux peines de l'absence ; et pour vous convaincre davantage de la puissance de mon art, si vous le désirez, je vais faire paraître à vos yeux celle dont ce portrait vous offre l'image.

FLORVILLE.

Parbleu, madame, ceci passerait le badinage ! elle est donc ici ?

DORINE.

Non, et si je veux, oui.

VINCENT, *bas à Florville.*

Ne vous y fiez pas ; elle le ferait, comme elle le dit.

(*Florville paraît rêveur.*)

VINCENT, *à part.*

Mais, où diable ai-je donc vu cette mine friponne ?

DORINE, *à Vincent.*

Vous me regardez bien, jeune homme ?

VINCENT.

C'est que d'abord , je vous trouve très-agréable à voir ;
en second lieu , je voudrais me rappeller...

FLORVILLE , *à part.*

Comment est-il possible que Lucenda soit ici ? je ne sais
si je dois.... oui) poussons à bout cette aventure. (*à Dorine.*)
Eh bien , madame , j'attends cet effet de votre art.

DORINE.

Vous allez être satisfait.

(Elle se place au milieu du théâtre et chante le morceau suivant ,
une baguette à la main. Les deux autres accompagnent de leurs instrumens.

RÉCITATIF OBLIGÉ.

Démon, qui fais qu'on aime , écoute mes accens ,
   Vois cet amant , que l'absence tourmente :
Prête-lui le secours de tes enchantemens.
Par la route de l'air , sur l'haleine des vens
   Transporte en ces lieux son amante.

AIR.

   Toi , que le ciel a fait belle ,
   Comme la rose nouvelle ,
   Cède au charme qui t'appelle ,
   Viens embellir ce séjour.
   Une flamme , qui commence,
   Peut s'éteindre par l'absence ;
   Mais parais , et ta présence
   Fera triompher l'amour.

VINCENT , *effrayé, regardnt vers le fond.*

Eh ! mais !.... le charme opère ! la voilà , monsieur.

FLORVILLE.

Que dis-tu ?

SCENE VI.

LES PRÉCÉDENS, LUCENDA , *en dehors.*

(Lucenda sous une mise élégante et simple, coiffée en cheveux noirs,
et tenant une ombrelle à la main, traverse le théâtre de gauche à
droite , au-delà de la grille , suivie de deux domestiques en livrée.
Elle jette en passant un coup-d'œil dans la cour de l'auberge.)

FLORVILLE , *courant à la grille.*

Ciel ! c'est Lucenda.

VINCENT.

C'est elle ! oui , monsieur, c'est elle !

FLORVILLE.

Je ne puis plus la voir ; mais, n'est-ce point une illusion ?

VINCENT , *après avoir regardé à son tour.*

Ce n'était que de l'air, sans doute.

SCENE VII.

LES PRÉCÉDENS, L'HOTESSE.

FLORVILLE.

Ah ! voici l'hôtesse : elle m'expliquera peut-être...

DORINE.

Ma mère, voilà monsieur qui vient de retrouver le portrait de notre belle voisine.

FLORVILLE et VINCENT.

Sa mère !...

L'HOTESSE.

Est-il posibilé , ma fille ? oïmé ! qué la signora sara contenta ! (*regardant le portrait que tient toujours Florville.*) Eh ! oui , lo voilà , ella lo croyait ben perdouto !

FLORVILLE, *à Dorine.*

Vous êtes la fille de madame ?

DORINE.

Oui , monsieur.

FLORVILLE.

Mais ce costume...

DORINE.

Est celui des paysannes de la Toscane , de mon pays , je le prends souvent par fantaisie , surtout depuis que la signora Laurentina m'a dit qu'il m'allait à ravir. Du reste, monsieur , pardonnez si je n'ai pu résister au desir de m'amuser un peu ; je reconnais ce portrait dans vos mains , je vous surprends à le baiser ; un instant auparavant j'avais vu de loin la signora qui revenait chez elle ; je mesure le tems sur la distance à parcourir ; mon calcul se trouve juste, et la belle Laurentina arrive précisément devant cette grille , comme je finissais mes conjurations. Voilà , monsieur , tous les secrets de mon art.

VINCENT, *à part.*

A la bonne heure.

FLORVILLE.

Mais mon mariage à Paris , l'amante dans les larmes que j'ai quittée hier ; qui a pu vous dire...

DORINE.

Il est donc vrai ? ah ! que je suis glorieuse de mon savoir eh bien ! monsieur, le mariage, c'est le hazard que me l'a fa deviner. Quant à l'amante délaissée... c'était si simple ! u jeune officier quitte-t-il jamais une garnison , sans y laisser des regrets ?

LORVILLE.

Mais, revenons au portrait ; me serait-il permis de voir le modèle ?

DORINE, *montrant le portrait.*

Vous en avez une si belle occasion ! il y a des récompenses pour ceux qui rapportent les objets perdus, voir Laurentina sera la vôtre.

FLORVILLE.

Eh bien , j'y cours.

L'HOTESSE.

La soua porte est à doué passi ; ma savez-vous parlar italiano , monsou ?

DORINE.

Eh ! qu'importe, faut-il des mots pour exprimer les sentimens du cœur ! quand le véritable accent s'y trouve , un français comprend l'italienne qui lui dit (1) : ben mio, tout aussi bien qu'elle peut l'entendre , s'il lui dit : mon cœur.

FLORVILLE, *sortant*

Je veux éclaircir tous mes doutes. Pendant ce tems-là , Vincent, tu vas régler avec l'hôtesse.

(Il sort. On le voit l'instant d'après traverser le théâtre au-delà de la grille.)

SCENE VIII.
L'HOTESSE, DORINE, VINCENT.
(L'hôtesse dessert la table de Florville.]

VINCENT, *à Dorine.*

Que vous dites bien ben mio , mademoiselle ! ces deux jolis mots italiens ont dans votre bouche une grace... un charme qui me... répétez-les moi , je vous en prie.

DORINE.

Ces mots-là perdent leur prix à être prodigués.

VINCENT

Et moi, je sens que je ne me lasserais jamais de vous les répéter.

DORINE.

Vous êtes libre.

VINCENT.

Mais, vous ?

DORINE.

Oh ! nous verrons.

---

(1) Prononcez comme s'il était écrit : *benn' mi-o.*

VINCENT.

Il est tems de voir, car je pars tout-à-l'heure.

DORINE.

Qui sait ?

VINCENT.

Comment, qui sait ? (*à part.*) Cette fille est bien singulière ! plus je l'examine. (*haut.*) Mais, dites-moi donc, où j'ai pu vous voir ailleurs ?

DORINE.

Bon ! êtes-vous comme votre maître ? ai-je aussi quelque part ma ressemblance ?

L'HOTESSE, *à Vincent.*

Si vous voulez mé suivré, nous allons compter ensemble.

VINCENT.

Volontiers, madame. (*à part, en regardant Dorine.*) Non, ce n'est pas la première fois…(*il sort après l'hôtesse.*)

SCENE IX.

LUCENDA, DORINE.

DORINE, *à elle-même.*

Il est aimable, M. Vincent.

LUCENDA, *entrant par la petite porte du jardin.*

Eh bien, Dorine ?

DORINE.

Le portrait n'a point manqué son effet, madame ; on l'a trouvé, on l'a couvert de baisers, et la tête intriguée, le cœur agité, on est parti pour le porter chez vous et le remettre à vous-même ?

LUCENDA.

On ne t'a point reconnue ?

DORINE.

M. Florville, qui ne m'a point vue à Bruxelles, n'a pu me reconnaître, et son valet qui n'a pu m'y voir qu'un instant, a bien reconnu ma figure, mais sans se rappeler où il l'a vue ; en attendant, je suis à leurs yeux la fille de notre hôtesse.

LUCENDA.

Tant mieux.

DORINE.

Cependant il vous sera difficile de soutenir encore que vous n'êtes point Lucenda.

LUCENDA.

Florville en pensera ce qu'il voudra ; mais je ne veux pas

en convenir encore. Cela me sera facile, puisqu'il ne sait pas
l'italien et qu'il est convenu que je n'entends pas sa langue.
Tu paraîtras m'interprêter ses discours , et avec l'air d'interprêter les miens, tu me feras répondre ce que tu jugeras con-
venable.

DORINE.

Ah ! madame, je doute que vous parveniez à votre but ,
avant d'arriver à Paris. Prenez-y garde , les postes se suc-
cèdent ; il vous apperçoit à St.-Quentin ; à la vérité , il
vient s'informer dans l'auberge ; mais on n'a pas de peine à
lui persuader qu'il se trompe, et sans insister pour vous parler , il remonte en voiture et poursuit sa route. L'espèce de
triomphe que vous ambitionnez me paraît bien hasardé ; enfin pour avoir pu vous quitter ainsi à Bruxelles , il faut que
ses résolutions soient bien prises. Il vaudrait mieux tout bon-
nement, selon moi...

LUCENDA.

Je ne perds pas encore l'espoir de réussir. Le burin qui
repasse plusieurs fois sur la même empreinte, l'approfondit
et finit par la rendre inéfaçable ; voilà l'effet que je veux
produire sur le cœur de Florville. Il est vrai que si d'un côté
le tour romanesque de ses idées se prête à mes desirs , il a
d'ailleurs un fond de raison difficile à vaincre. Cette raison
l'a forcé de me quitter et le fait courir en poste à Paris; mais
l'amour fait le voyage avec lui ; j'ai soin qu'il l'atteigne par
tout , et je veux qu'il finisse par le subjuguer au point que
Florville ne voie plus de bonheur dans le monde qu'avec sa
Lucenda quelle qu'elle soit.

DORINE.

Ainsi vous voulez qu'il croie faire la plus insigne folie ?...
La fantaisie est bisarre !

LUCENDA.

D'accord ; mais il ne m'épousera qu'à ce prix : les romans
m'ont peut-être donné sur le mariage des idées exagérées ;
je puis attacher trop d'importance à la nécessité de ne former
que par amour , des nœuds dont on s'enchaîne pour la vie ;
mais, devenue absolument libre de me choisir un époux, j'ai
juré de ne faire jamais qu'un mariage d'inclination.

DORINE, *regardant la petite porte.*

Chut, madame ! on vient vers cette porte : c'est monsieur
Florville , sans doute.

SCENE X.

LUCENDA, DORINE, FLORVILLE, *entrant par la petite porte.*

DORINE, *haut à Lucenda, au moment ou Florville entre.*

(1) Si signora. Ecco viene il cavaliere a rendervi il ritratto.

FLORVILLE, *à part.*

C'est elle ! je ne puis en douter. (*à Lucenda.*) Vous ici, madame ! expliquez-moi donc par quel bonheur...

DORINE.

Vous apportez le portrait, monsieur ?

FLORVILLE.

Le voici. Le hasard qui l'a fait trouver sous mes pas était un peu préparé ; avouez-le, madame.

LUCENDA, *prenant le portrait.*

(2) Ah ! signor, quanto son tenuta alla di lei compiacenza !

DORINE, *à Florville.*

Madame est pénétrée de reconnaissance du service que vous lui rendez.

FLORVILLE.

Mademoiselle, je suis persuadé qu'il ne tient qu'à madame que je puisse l'entendre, sans que vous vous donniez la peine de la traduire. (*à Lucenda.*) Belle Lucenda, répondez-moi, je vous en conjure. Vous rencontrer ici, m'étonne beaucoup, mais me charme encore davantage.

LUCENDA.

(3) Non capisco, signor. (*à Dorine.*) Che dice ?

DORINE, *à Lucenda.*

(4) Aspetto che si spieghi meglio. (*à Florville.*) J'ai peine à vous comprendre, monsieur ; vous donnez à la signora le nom de Lucenda : auriez-vous vu madame ailleurs, sous ce nom-là ?

FLORVILLE.

Eh, sans doute. Mais, si Lucenda est italienne, je suis certain qu'elle parle aussi bien français que vous et moi.

DORINE.

Je vais le lui demander.

---

(1) Prononcez : *si signora. Ec-co vie'nè il cavaliere a renn' dervi il ritrat'-to.*

(2) Prononcez : *ah! signor, quouann'to sonn' ténouta al-la di léi comm' pia-tchenn' tsa.*

(3) Prononcez : *nonn' capiss'-co, signor Qué di-tché ?*

(4) Prononcez : *ass'pet-to qué si spiégui mélio.*

FLORVILLE, *à part, tandis que Dorine paraît interroger*
Lucenda.

Que cette femme est bisarre ! et qu'elle est aimable !

DORINE, *à Florville.*

Vous vous trompez, monsieur, madame ne sait pas le français, et vous voit aujourd'hui pour la première fois ; mais
votre vue lui fait un grand plaisir ; et même, si vous pouviez mettre quelqu'interruption à votre voyage et lui accorder un jour ou deux, elle en serait enchantée ; Les termes
de son invitation ne disent pas précisément tout cela, mais
je me permets de traduire aussi le ton dont elle les a pro-
noncés.

FLORVILLE.

Si je donnais deux jours de plus à madame, il faudrait lui
donner toute ma vie.

LUCENDA, *à part.*

Sa crainte fait mon plus doux espoir !

DORINE.

Mais, c'est charmant ce que vous dites là. Voulez-vous
que je le lui traduise ?

FLORVILLE.

Croyez qu'elle m'entend fort bien.

DORINE, *vivement.*

Eh, non, non, elle ne vous entend pas. (*à Lucenda.*)
(1) Dice questo signor galante... (*plus bas.*) N'êtes-vous pas
enchantée de l'aveu qui vient de lui échapper ?

LUCENDA, *bas.*

Oui ; mais il annonce encore... Il nous écoute. (*haut.*)
(2) Si si, questo mi piace.

FLORVILLE.

Chère Lucenda, cessez ce jeu cruel ; je n'ai pas mérité que
vous vous vengiez ainsi. Vous voulez que votre image me pour-
suive par-tout ? mais, quand vous aurez rempli mon cœur
d'un amour que je ne pourrai plus en arracher, qu'y gagne-
rez-vous ? vous m'aurez rendu malheureux, et je n'en tien-
drai pas moins un engagement qu'il n'est plus tems de
rompre.

LUCENDA.

(3) Credo che parla d'amore questo amabile cavalier ?

DORINE, *à Florville.*

Tenez, monsieur, le mot d'amour à frappé son oreille,

---

(1) Prononcez : *di-tché quouesto signor galann'té.*
(2) Prononcez : *si si, quouesto mi pia-tché.*
(3) *Crédo qué parla d'amo-ré quouesto ama-bile cavaliere.*

et elle l'a compris sans mon secours. Je crois qu'il est inutile aussi de vous traduire l'expression *amabile cavalier*, dont
elle vient de se servir. Il est joli ce mot : *amabile* ! En vérité, je crois que si l'amour s'en mêle, vous finirez par vous
entendre à merveilles.

FLORVILLE, *à Lucenda.*

Mais, vous êtes Lucenda ?

DORINE, *à Lucenda.*

(1) Diro che siete Lucenda ?

LUCENDA, *à Dorine.*

(2) Nò. (*à Florville.*) Non sono.

DORINE.

Non, vous dit-on, je ne suis point Lucenda.

LUCENDA, *à Florville.*

(3) L'amate assai questa Lucenda ?

DORINE, *à Florville.*

Mais vous l'aimez-donc beaucoup cette Lucenda ?

FLORVILLE, *soupirant.*

Ah !

DORINE, *contrefaisant Florville.*

Ah ! (*à Florville.*) Eh bien, voilà du français qui est
aussi de l'italien.

LUCENDA, *à part.*

Il est charmant !

SCENE XI.

LES PRÉCÉDENS, VINCENT.

VINCENT.

Monsieur, les chevaux... (*à part voyant Lucenda.*) Ciel !
voilà Lucenda !

FLORVILLE, *à part, regardant Lucenda.*

Me tromperais-je en effet ?

VINCENT, *à Florville.*

Je viens vous avertir, monsieur...

FLORVILLE, *à part, sans faire attention à Vincent.*

Non, je ne me trompe pas, c'est elle assurément.

(*Vincent stupéfait les regarde l'un après l'autre.*)

DORINE, *à part.*

Je le vois, il partira sans explication.

---

(1) *Diro qué siéte lou-tchen'da.*
(2) *No : nonn' so-no.*
(3) *L'ama-té as'sa ï quouesta lou-tchen'da.*

LUCENDA, *à part.*

Son cœur est agité ; c'est assez pour cette fois.

VINCENT, *à Florville.*

Mais, monsieur, je viens...

DORINE, *s'approchant de Vincent le doigt sur la bouche.*

Chut !

VINCENT, *à part.*

Je meurs d'effroi ! Que se passe-t-il donc ici ?...Mon maître immobile... Ce silence... il est sous le charme, j'en suis sûr !

FLORVILLE, *vivement.*

Madame, je n'y tiens plus. Pouvez-vous, quand je vous ai quittée hier à Bruxelles...

DORINE.

Ah ! c'est pour une dame de Bruxelles que vous prenez la signora ?

VINCENT, *à part.*

Je respire ! on se parle à la fin.

DORINE.

Prendre une personne qu'on n'avait jamais vue pour une autre quittée la veille ! Il faut qu'il y ait entre elles une étonnante ressemblance !

FLORVILLE.

Le hasard qui m'aurait fait rencontrer deux fois en un jour une pareille ressemblance, serait cent fois plus merveilleux que tout ce qu'on raconte de la magie.

DORINE.

Merveilleux, tant que vous voudrez ; ce hasard n'est point impossible, aulieu que la magie...

VINCENT.

Est très-possible. J'y crois à présent plus que jamais.

(On entend deux ou trois coups de fouet de postillon, et Florville en paraît affecté.)

DORINE, *à Florville.*

Vous avez tressailli, monsieur ?

FLORVILLE.

Un premier mouvement... Ce postillon auquel je ne pensais pas... son maudit tapage...

DORINE.

Oui ; il y a des momens dans la vie où ce bruit importun nous avertit si brusquement de quitter l'objet qui nous intéresse, que le coup qui frappe l'air, touche au cœur et fait un mal !...

VINCENT, *à Florville.*

Enfin, monsieur, partons-nous ?

FLORVILLE.

Oui, Vincent.

(Il reste et Vincent paraît occupé, pendant les a parte suivant, à le détermiminer à partir sur-le-champ.)

DORINE, *à part à Lucenda.*

Eh bien, madame ; le laisserez-vous partir ainsi ?

LUCENDA, *à part à Dorine.*

Oui, Dorine. Il m'échapperait encore, peut-être. Il est troublé ; qu'il parte ; j'aurai soin qu'il n'ait pas le tems de se calmer. Rentrons. *(à Florville en le quittant.)* (1) Mi rincresce, signor, di non porter ritardar la sua partenza.

DORINE, *le saluant.*

Madame regrette de ne pouvoir retarder votre départ, pour vous témoigner plus long-tems sa reconnaissance.

FLORVILLE. *à Lucenda, lui baisant la main.*

Adieu, femme trop aimable !

LUCENDA, *tendrement.*

(2) Addio, signor. *(elle sort par la petite porte.)*

VINCENT, *à Dorine.*

Adieu donc aussi, (3) ben mio.

DORINE, *lui serrant la main..*

Adieu, méchant.

(Elle suit Lucenda. Vincent immobile à la petite porte la regarde en aller.)

SCENE XII.

FLOVILLE, VINCENT.

FLORVILLE, *à lui-même.*

Je ne sais où j'en suis ! Cette Lucenda (car c'est elle) me trouble à un point... Je dois me féliciter, cependant, qu'elle se soit obstinée à garder son déguisement. Ne fallait-il pas toujours la quitter ? malgré son amour, malgré le mien, que je me dissimulerais envain ; pouvais-je lui dire autre chose que ce que je lui dis hier dans nos adieux ! Mais, par quels moyens a-t-elle pu...

VINCENT, *se retirant de la petite porte et se frappant la cuisse.*

J'y suis !

FLORVILLE.

Que veux-tu dire ?

---

(1) Prononcez : *mi rinn' créché, signor di nonn' potere ritardar la soua partenn' tsa.*

(2) *Ad'-di-o, signor.*

(3) *Benn' mi-o.*

VINCENT.

Monsieur, cette italienne n'a pas voulu vous avouer qu'elle était Lucenda ; eh bien, moi, je suis certain que c'est elle-même.

FLORVILLE.

Belle nouvelle que tu m'apprends-là ! et d'où vient ta subite conviction ?

VINCENT.

Je me cassais la tête depuis tantôt à remettre le joli minois de notre bohêmienne, à la place où je l'avais vue précédemment. Je viens de la trouver. C'est à Bruxelles. Oui, la prétendue fille de l'hôtesse de céans, est cette même Dorine, suivante de Lucenda, qui, comme je vous le disais, n'avait fait que passer devant mes yeux. Je conclus donc que la figure de Dorine à côté de notre italienne qui porte celle de Lucenda, prouve assez...

FLORVILLE.

Oh ! je n'ai pas besoin de ce surcroit de preuves. (*on entend redoubler les coups de fouet.*) Partons, Vincent. (*il sort après avoir jeté en soupirant un coup-d'œil dans le jardin.*)

VINCENT, *prenant avec empressement le porte-manteau et les armes.*

Oui, monsieur, partons ; c'est le plus sûr. Pour moi, je me reproche beaucoup qu'une fille qui sert une pareille femme, me plaise si fort. Jolie, tant qu'il vous plaira, mademoiselle ; mais jamais Vincent ne verra de bon œil des femmes qui vont au sabbat. (*il sort.*)

Fin du premier Acte.

ACTE II.

La scène est à Villeneuve-sous-Verberie et le théâtre représente la salle d'une auberge. A travers les fenêtres, dans le fond, on voit la place du village. C'est la fête du lieu. On voit sur la place différens grouppes de paysans et paysannes parés. Deux violons et un haut-bois, montés sur des chaises, font danser dans le fond à droite.

SCENE PREMIERE.

UNE FILLE d'Auberge, *criant du dedans.*

FINISSEZ donc, finissez donc !... j'n'veux pas. Finissez.

(Elle entre sur la scène la cœffure en désordre, qu'elle rajuste.)
Voyais c'grand benais ! ça l'y prend toujours comm' ça les jours de fête, et les aut' jours c'est pis qu'eun' souche !

(Elle achève de desservir une table où viennent de manger des voyageurs.)

Ah ! mon dieu ! qu'eun' pauvre fille est tourmentée dans c's'auberges toujours ! si all' détorne un baiser à droite, en v'la deux qui l'y pleuv't à gauche. Faut qu'a r'pousse par ici, faut qu'a r'pousse par ila. All' aurait cent mains qu'ça n's'rait pas encore assez.

(On entend des coups de fouet de poste. On voit, à travers les fenêtres, passer de droite à gauche la voiture de Florville, qui s'arrête
un moment après. La fille regarde par la fenêtre.)

NOTA. Si la localité du théâtre rend le passage d'une voiture trop
embarrassant, on peut, après les coups de fouet, supposer que la voiture s'est arrêtée avant d'arriver devant les fenêtres, alors on voit
Florville et Vincent qui viennent d'en descendre, payer les guides
au postillon et traverser le théâtre pour gagner l'entrée de l'auberge
qui est de l'autre côté.

Bon ! ces messieurs s'arrêtent ici. Ils vont s'rafraîchir, sans doute (*elle court vers la cuisine.*)

SCENE II.

FLORVILLE, VINCENT, LA FILLE.

FLORVILLE, *avec humeur.*

Vit-on jamais les postes si mal servies ? j'ai beau payer bien les guides, je vais très-vîte et je n'avance pas. Encore des chevaux qu'il faut attendre ici !

VINCENT.

A la bonne heure ; mais vous auriez tort de vous plaindre du tems qu'ils nous ont fait perdre à cet autre village, puisque nous l'avons employé à dîner, et sans la malencontreuse apparition...

LA FILLE.

Souhaitez-vous eune chamb' séparée, messieurs ?

FLORVILLE.

Ce n'est pas la peine.

VINCENT.

Non ; apportez-nous seulement du vin et un crouton. (*lui passant la main sous le menton.*) Eh ! eh ! dites-moi donc, comment on nomme ce village ?

LA FILLE.

Villeneuve-sous-Verberie, monsieur. C'est aujourd'hui la fête, comm' vous voyais. (*montrant la place où l'on danse.*)

VINCENT.

J'en suis charmé. Je me souviendrai que la fille d'auberge de Villeneuve-sous-Verbérie est tout-à-fait gentille. (*il l'embrasse.*)

LA FILLE, *avec une petite révérence.*

Vous êtes ben bon, monsieur. (*elle sort.*)

SCENE III.

FLORVILLE, VINCENT, ensuite LA FILLE,
qui apporte une bouteille et du pain.
(*Florville paraît rêveur.*)

VINCENT.

Eh ! je suis bien bon, dit-elle ! il n'y a pas là de sorcellerie au moins. (*regardant vers la place.*) Nous sommes ici gaîment, monsieur : cette fête... j'aime les fêtes de village, moi. A travers ces fenêtres, nous verrons passer les jolies filles du canton, dans leurs plus beaux atours.

FLORVILLE.

Je suis fâché de n'avoir pas tantôt insisté davantage, pour faire quitter à Lucenda le rôle qu'elle a obstinément soutenu devant moi.

VINCENT

Bon ! et vous vous félicitiez encore tout-à-l'heure de ne l'avoir pas fait ?

FLORVILLE.

C'est qu'alors elle n'aurait pu m'empêcher peut-être de pénétrer une partie du mystère qui enveloppe sa conduite.

Les Amans en poste.   D

VINCENT.

Que vous importe ce qu'elle est, ce qu'elle fait, ce qu'elle est capable de faire, puisque vous êtes résolu de la fuir? savez-vous, monsieur, que votre état m'inquiète? si Lucenda revenait encore vous lutiner ici, ma foi, je ne répondrais plus... Le mystère a tant de charmes pour vous!

FLORVILLE.

Oh! ne crains rien. J'avoue cependant que je ne la verrais jamais avec indifférence. Elle a tant d'attraits! je vois encore ces yeux charmans qui tantôt s'attachaient sur les miens avec une expression si touchante!

VINCENT.

Oui, c'est comme cette Dorine qui me dit avec cette mine friponne, qui me trotte toujours-là : *Adieu méchant!* mais c'est qu'on n'est pas plus traître et plus joli que cela! *adieu méchant!* oui, oui, adieu; et j'espère que c'est pour tout de bon. Par exemple, si elles sont ici, c'est bien le diable qui s'en sera mêlé; car depuis notre dernière station, je n'ai fait que regarder à droite et à gauche, et je suis certain cette fois, qu'ame qui vive, à pied, à cheval ou en voiture, ne nous a passé.

(Lucenda, en paysanne élégante, cheveux chatains-clair, passe sur la place du village en tenant le bras d'une autre villageoise.)

FLORVILLE, *vivement.*

Regarde-donc, Vincent.

VINCENT, *faisant un saut de frayeur.*

Eh bien, eh bien, monsieur, qu'est-ce qu'il y a encore?

FLORVILLE.

Tu ne vois pas là-bas cette jeune paysanne?

VINCENT.

Ah! passe pour cela. Elle est, ma foi... eh mais; c'est Lucenda! la voilà qui se perd derrière les danses. Je ne la vois plus. (*se retournant vers son maître.*) Eh bien, monsieur?

FLORVILLE.

Lucenda ici, sous cette apparence, est une chose...

VINCENT.

Terrible, monsieur!

FLORVILLE.

Tu as bien regardé à droite, à gauche : personne ne nous a passé, disais-tu?

VINCENT.

Parbleu, je le crois bien. La négromancie fournit tant d'expédiens! avec de certaines bagues, par exemple, on dit: je veux être là, et l'on y est. Il y a aussi des hyppogriphes, des griffons, qui vous fendent l'air comme des flèches et vont comme le vent. Oui, monsieur, ce n'est que par une pareille voiture qu'elle a pu arriver ici.

SCENE IV.

LES PRÉCÉDENS, L'AUBERGISTE.

L'AUBERGISTE.

Monsieur, les chevaux.

FLORVILLE, *avec humeur.*

Qu'ils atttendent. (*il va regarder par la fenêtre.*)

L'AUBERGISTE.

Tant mieux pour ce pauvre Laramée qui doit vous conduire, il ne recevra pas l'averse qui va tomber.

(On voit s'obscurcir le fond de la scène.)

FLORVILLE, *revenant de la fenêtre.*

Vincent, allons nous promener un instant à cette danse.

VINCENT.

Quoi ? vous voulez absolument… mais voilà qu'il pleut, monsieur, laissons tomber cette ondée. D'ailleurs voyez-vous la danse qui se disperse ?

(On entend tomber la pluie.)

L'AUBERGISTE.

Ne vous dérangez pas, monsieur, une bonne partie de ce monde-là accourt ici, et, si cela vous amuse, vous pourrez voir danser dans cette salle.

(On voit accourir les filles, les garçons et les ménétriers qui se sauvent de la pluie.)

SCENE V.

LES PRÉCÉDENS, Paysans, Paysannes, Ménétriers.

(Tout le monde entre en foule et pêle-mêle. Les ménétriers montent sur une table et accordent leurs instrumens. Florville examine toutes les jeunes filles.)

FLORVILLE, *arrêtant la paysanne qu'on a vue passer avec Lucenda.*

Ma belle enfant, qu'est donc devenue l'aimable compagne avec qui je viens de vous voir passer devant ces fenêtres ?

LA PAYSANNE.

All' devrait êt' ici ; mais a n'tardera pas, j'crais.

FLORVILLE.

Vous la connaissez bien, sans doute ?

LA PAYSANNE.

Pardine ! si j'la connaissons !

(Un paysan vient la prendre avec un air de jalousie.)

LA PAYSAN.

Mais, vians donc, Marianne ; j'allons danser. (*il l'en-traîne brusquement.*)

FLORVILLE.

Cet animal !

(Il va s'asseoir dans un coin du théâtre. Les garçons prennent chacun leur danseuse. Il manque un couple pour completter un quadrille. Un nigaud va inviter plusieurs jeunes filles qui le refusent. Dans son dépit, il va prendre une grosse paysanne, mal batie, en cornette et en jupe de calemande rayée. Il se met en rang et la danse commence. Bientôt les autres danseurs s'interrompent pour voir la manière ridicule dont le nigaud danse avec sa grosse paysanne. La danse redevient générale.

Florville tâche, chaque fois qu'elle passe près de lui, de retenir la jeune fille à qui il a déjà parlé, pour s'informer de Lucenda ; son jaloux danseur empêche toujours cette conversation. Enfin Lucenda en paysanne, paraît derrière les autres.)

NOTA. Si l'on veut supprimer le ballet, après la Scène 4, on passera aussitôt à la Scène 6, alors Lucenda se trouvera parmi les jeunes filles, au moment où tout le monde entre en foule ; et l'on dira la Scène 6 telle qu'elle est ici indiquée.

SCENE VI.

LES PRÉCÉDENS, LUCENDA.

FLORVILLE.

La voilà, Vincent ! c'est Lucenda !

(Il court au-devant d'elle à travers la danse ; son exclamation et son mouvement interrompent les danseurs qui s'écartent à droite et à gauche : il va prendre la main de Lucenda et l'amène sur le devant de la scène.)

LUCENDA.

Si c'est pour danser, monsieur, j'vous prévenons que j'ons un engagement.

FLORVILLE.

Eh, non, madame ! c'est pour vous demander comment il se fait que je vous rencontre encore en ces lieux.

LUCENDA.

D'où me connaissez-vous donc, monsieur ?

FLORVILLE, *souriant.*

Allons, allons, ce n'est pas d'aujourd'hui que vous savez que mon cœur est épris de vos charmes.

L'AUBERGISTE, *aux danseurs.*

Ecoutez donc, gens de la fête ; si vous voulez continuer vos danses, passez dans la grande salle et vous ne me génerez pas ici, s'il m'arrive des voyageurs.

(Tous les danseurs passent dans la salle à côté, à droite.)

(*Le jour baisse.*)

SCENE VII.

LUCENDA, FLORVILLE, VINCENT.

VINCENT, *à part.*

Voilà ses cheveux chatains-clair, cette fois-ci.

LUCENDA, *à Florville, qui a continué de lui parler.*

Je n'vous comprends pas, monsieur.

FLORVILLE.

Trop aimable Lucenda, vous ne m'avez jamais paru si sé-
duisante !

LUCENDA.

Ce sont ben là les propos galants des messieurs d'la ville :
mais quoiqu'au village, je n'nous y laissons prendre que
quand je l'voulons bien.

FLORVILLE, *lui prenant la main.*

Ha ! vous êtes charmante !

LUCENDA.

Laissez-moi ; on m'attend à la danse et j'y cours.

FLORVILLE.

Ma chère Lucenda, cessez cette plaisanterie ; c'est bien
vous, mon cœur ne me trompe point.

LUCENDA.

On n'm'appelle point Lucenda ; je suis Nicolette, fille de
Pierre Antoine, fermier au village voisin ; tout l'monde
m'connait ici : demandez.

VINCENT, *à part.*

Ne dirait-on pas qu'elle est ici depuis dix ans.

FLORVILLE.

Vous n'êtes point... Oh ! c'est un badinage : une telle
ressemblance...

LUCENDA.

C'est donc une personne qui vous intéresse beaucoup que
c'te Lucenda ?

FLORVILLE, *vivement.*

Oh ! beaucoup, mais forcé de m'en séparer...

LUCENDA, *soupirant.*

Ah ! j'conçois ben vot'chagrin !

FLORVILLE.

Apparemment que vous savez comme on aime !

LUCENDA.

Eh mais, c'monsieur m'l'apprendra peut-être ! c'est ici
plutôt aux danses du village, aux jeux dans la prairie, à
l'ombre des ormeaux que j'vous en donnerions des leçons.
J'h'avons pas comm'vous d'jolis mots à nous dire ; je n'sa-

vons qu'ces deux-là : *j'vous aime !* eh ben , quand j'les avons dits, j'les répétons , et c'est toujours comm'la première fois.

FLORVILLE.

Vraiment vous me faites venir l'envie d'être votre écolier.

LUCENDA.

Oui, entreprendre un écolier qui court la poste ! je n'sommes pas assez habile pour ça.

VINCENT, *à part.*

Pas assez habile ! peste !

LUCENDA.

Mais, c'te Lucenda qu'vous dites aimer si fort , n'devez-vous pas l'epouser ?

FLORVLILE.

Ce serait le comble de mes vœux ; mais de puissantes considérations me font une loi d'y renoncer.

LUCENDA.

C'n'est pas là l'aimer prodigieusement.

FLORVILLE.

Que ne dites vous vrai , pour mon repos ! le fait est que je vous aime à la folie.

LUCENDA, *riant.*

Ah ! c'est moi , à présent !

FLORVILLE.

Oui , vous , vous Lucenda ; car vous l'êtes , ne vous en défendez plus !

LUCENDA.

Non , monsieur, si j'l'étions , j'serions très-fâchée d'être la victime de vos puissantes considérations. (*elle va pour sortir.*)

FLORVILLE, *l'arrêtant.*

Vous me quittez sitôt ? ah ! de grace , un moment encore.

LUCENDA, *s'échappant lestement.*

Vous êtes ben aimable ; mais je n'veux pas perdre mon tour pour la danse.

(Florville la suit jusqu'a la porte et s'arrête.)

SCENE VIII.
FLORVILLE, VINCENT.

FLORVILLE.

Je crois que j'en perdrai la tête ! mais c'est Lucenda !

VINCENT.

Eh bien, monsieur , ai-je tort de l'accuser de magie !

FLORVILLE.

Imbécille !

VINCENT.

Sans doute ; il est si simple en effet que la femme que nous nous empressons de fuir , avec toute la vitesse que l'argent peut obtenir des postillons , se retrouve aussi paisiblement établie à chaque station de notre route , que si elle l'habitait depuis long-tems !

FLORVILLE, *à lui-même.*

Elle va danser ! elle reste dans ce village ! elle n'y paraît point étrangère !

VINCENT.

Pourquoi sa dangereuse Dorine ne l'a-t-elle pas suivie ici ? —Eh bien, ne dirait-on pas que j'en suis fâché?—Mais, voilà la nuit , monsieur : la passerons-nous dans cette auberge ?

FLORVILLE.

Non , dis qu'on mette les chevaux , nous allons repartir. (il sort précipitamment par la porte qui conduit à la salle où l'on danse.)

SCÈNE IX.

(il fait tout à-fait nuit.)

VINCENT, *seul.*

Mais, monsieur , ce n'est pas par là... Sa jolie paysanne lui tourne la tête. Nous pourrions bien ne pas continuer notre route aujourd'hui ; tant mieux , au reste, depuis hier je suis debout ou roulant sur les chemins ; je me reposerais avec délices ! Ainsi, avant de commander les chevaux, allons voir ce qui se passe là-dedans ; je ne crains qu'une chose, c'est d'y rencontrer aussi Dorine. (*il va pour sortir*)

SCÈNE X.

FLORVILLE, VINCENT.

FLORVILLE, *rentrant.*

Je n'y conçois rien ! cette jeune paysanne n'est plus là , je l'ai vainement cherchée parmi tout ce monde.

VINCENT.

Que dites-vous ?

(Un des volets des fenêtres en-dehors se ferme avec violence.)

VINCENT, *sautant de peur.*

Là ! ce vent furieux qui s'élève, c'est sa voiture , sans doute. Eh bien ! j'en suis charmé ; laissons-là s'envoler, et croyez-moi, attendons ici le petit jour , pendant la nuit noire , on ne sait pas ce qui peut arriver sur les chemins.

(On entend plusieurs coups de fouet et le roulis d'une voiture qui s'arrête bientôt.)

SCENE XI.

FLORVILLE, VINCENT, LA FILLE, *qui entre préci-*
pitamment, apportant de la lumière, UN GARÇON.

FLORVILLE.

La fille, a-t-on mis les chevaux?

VINCENT, *à part, d'un air fâché.*

Allons! il veut partir?

LA FILLE.

Un moment, monsieur; v'là du monde qui nous arrive,
drès qu'les postillons auront fini avec eux, vous serez sarvi.

(Elle dessert la table)

L'AUBERGISTE, *criant de la coulisse.*

Suzon! Suzon! allerte, prépare la chambre jaune pour
ces dames.

LA FILLE, *criant.*

Bon, bon, c'est fait d'pis c'matin.

L'AUBERGISTE, *en-dedans*

Laramée! Champagne! où sont-ils donc?

LA FILLE, *appellant.*

Champagne! (*à Vincent voulant retirer sa main qu'il*
vient de prendre.) Laissez-moi donc, vous. (*appelant en-*
core.) Champagne!

UN GARÇON, *sortant de la porte à droite.*

Eh ben, eh ben, m'v'là. (*il sort par le côté opposé.*)

LA FILLE.

Dépêche-toi, on t'appelle. (*Vincent embrasse la fille.*) Eh
mais, finirez-vous?

VINCENT.

Tu dis, dépêche-toi; aussi fais-je.

SCENE XII.

LES PRÉCÉDENS, LUCENDA, *en rédingotte, schall et cha-*
peau de voyage, DORINE *et plusieurs* Domestiques *en livrée.*

DORINE, *prenant la main de Vincent qui vient de quitter*
celle de la fille.

Nous vous dérangeons peut-être?

VINCENT, *stupéfait.*

Eh! c'est vous, mademoiselle!

FLORVILLE, *à part, avec un cri de surprise.*

Que vois-je! encore Lucenda!

LA FILLE, *à Lucenda, montrant la porte à gauche.*

V'là vaut'chambre, madame, vous y s'rez fort bien.

(*Lucenda passe aussitôt dans la chambre à gauche et la fille sort par*
la porte du même côté qui mène à la cuisine.)

SCENE XIII.

DORINE, FLORVILLE, VINCENT.

FLORVILLE, *à part.*

Lucenda qui arrive... cette paysanne ne serait donc pas réellement... Je m'y perds !

DORINE, *à Vincent.*

Vous me reconnaissez ! je ne me trompe donc pas ; c'est vous que j'ai vu à Bruxelles.

VINCENT.

Et aujourd'hui, donc, à huit lieues d'ici ?

DORINE.

Aujourd'hui ! vision.

VINCENT.

Voilà que je ne l'ai pas vue tantôt, à présent !

DORINE.

Est-ce là votre maître ?

VINCENT

Vous ne le reconnaissez pas ?

DORINE.

Il faudrait que je l'eusse connu pour cela. Je cours vite en avertir madame Lucenda. (*courant à la porte de la chambre.*) Madame, madame, M. Florville est ici.

FLORVILLE, *l'arrêtant.*

Il lui plaît donc cette fois d'être elle-même.

DORINE.

Je ne pense pas qu'elle ait cessé de l'être un moment.

SCENE XIV.

LES PRÉCÉDENS, LUCENDA, *sortant de son appartement.*

LUCENDA.

Que me dis-tu, Dorine ? M. Florville... Ah ! monsieur, je vous aurais cru bien plus loin, à l'heure qu'il est. Nous sommes parties de Bruxelles, deux heures après vous, et sans nous arrêter nulle part...

VINCENT, *à part.*

Nulle part !

LUCENDA, *continuant.*

Nous nous informions de vous à toutes les postes. Par exemple, nous avons appris, à Ribécourt, où vous avez dîné, que vous y avez fait vivement la cour à une aimable italienne, qui malheureusement ne pouvait vous entendre.

FLORVILLE.

Ou ne le voulait pas plutôt : car, c'était vous-même.

Les Amans en poste.   E

VINCENT, *à Dorine.*

Et moi, ma belle, à qui ai-je fait la cour, dans ce village-
là ?

DORINE.

A quelque fille d'auberge, peut-être ; comme je viens de
vous surprendre à la faire ici.

(Lucenda fait signe à Dorine de sortir.)

DORINE, *à Vincent, en souriant.*

Bonsoir.

VINCENT, *la regardant fixement.*

Bon s... Mais, c'est vous ?

DORINE, *riant.*

Certainement. *(elle sort.)*

SCENE XV.

LUCENDA, FLORVILLE, VINCENT.

FLORVILLE, *à Lucenda.*

Vous ne conviendrez pas non plus, sans doute, que vous
étiez la belle dame que j'ai rencontrée à St.-Quentin, ainsi
que cette jolie paysanne, qui vient de disparaître au milieu
de la danse ?

*(Vincent après avoir regardé quelque tems à la porte par où Dorine
est sortie, revient s'asseoir sur une chaise, dans le fond à droite et
s'y endort.)*

LUCENDA.

Pouvez-vous donc présumer qu'avec l'avance que vous
aviez sur nous, j'aurais en ce moment le bonheur de vous avoir
atteint, si j'avais perdu une minute ? et vous prétendez m'a-
voir déjà vue plusieurs fois sur la route ! Vous me parlez
encore d'une jeune fille de ce village, que vous avez trouvée jolie !

FLORVILLE.

Oh ! bien jolie et bien cruelle ! Allons, je vous en prie,
daignez m'expliquer enfin votre présence en ces lieux ?

LUCENDA.

Pouvais-je rester plus long-tems dans une ville où vous
n'étiez plus ? Ah ! Florville, pourquoi vous ai-je connu !

FLORVILLE, *lui prenant la main.*

Que ne pouvez-vous lire dans mon ame ! je vous aime,
Lucenda. Cependant libre en apparence de suivre le pen-
chant de mon cœur...

LUCENDA, *avec tendresse et abandon.*

Je le sais. La raison plaide victorieusement contre moi.
Oui, l'on se doit à sa famille, à ses amis, à mille considérations étrangères au bonheur, mais qui n'en sont pas moins

les liens de la société. Pour se mettre au-dessus de tout cela ,
il faudrait un amour... tel que je le sens pour vous , Florville ; un amour, pour qui l'objet aimé tient lieu de l'univers
entier ! mais, que dis-je? était-ce à moi d'y prétendre ! ah !
malheureuse !

(Elle s'assied et s'appuie sur une table qui se trouve à côté d'elle.)

FLORVILLE, *hors de lui.*

Aimable Lucenda ! Mais, avec tant de charmes, quel
être êtes-vous donc ? Parlez : je puis tout vous sacrifier , si
vous daignez m'apprendre au moins...

LUCENDA.

Vous ai-je demandé pour vous aimer, Florville , si vous
aviez de la naissance et de la fortune ?

FLORVILLE, *se jettant à ses genoux.*

Eh bien , qui que vous soyez, je vous abandonne ma desti-
née. C'est vous seule que j'adore , que je veux idolâtrer
toute ma vie : recevez dès ce moment l'assurance...

LUCENDA, *se levant.*

Arrêtez, Florville. Vous venez de voir couler mes larmes ;
votre cœur est sensible ; ma douleur l'attendrit. Je ne veux
point abuser d'un pareil moment, pour obtenir un triomphe
qui vous causerait peut-être des regrets. Séparons-nous :
achevez votre route, et, lorsque vous serez à Paris , si le
sacrifice que vous m'offrez n'est point au-dessus de vos forces,
Lucenda devient votre épouse, et tout ce que l'amour a de
charmes mettra le comble à sa félicité.

FLORVILLE.

Je ne vous quitte plus, Lucenda. J'écrirai à mon oncle
que tout est rompu, et j'éviterai avec lui des débats...

LUCENDA.

Y pensez-vous ? Ne faut-il pas que vous alliez vous-même
retirer votre parole, en y mettant tous les égards qui sont
dûs à Emilie ? car, je m'interesse aussi beaucoup à cette
Emilie. Quant à votre oncle, il se fâchera d'abord ; mais,
c'est mon affaire de vous réconcilier avec lui. Bonsoir, Florville. Permettez que j'aille prendre quelques heures de repos.
Et vous, partez sur-le-champ, si vous voulez m'obliger.

(Elle entre dans son appartement.)

SCENE XVI.

FLORVILLE, VINCENT, *endormi*, LA FILLE, *ensuite.*

FLORVILLE.

Quel caprice ! Non, je ne quitte point cette porte ; et je
ne partirai qu'avec elle.

VINCENT, *faisant des mouvemens en rêvant.*

Oh ! — Oh ! — Oh ! oh ! oh !

FLORVILLE.

Eh bien, Vincent, qu'as-tu donc ?

VINCENT, *s'éveille tout-à-fait, en poussant un cri d'effroi,*
apperçoit son maître et va le serrer dans ses bras.

Ah ! mon cher maître, c'est vous !

FLORVILLE.

Eh bien ? eh bien, quel rêve t'agite ?

VINCENT.

Un rêve affreux, que m'a valu sans doute votre résolution
de voyager la nuit. Imaginez-vous, qu'au milieu des ténèbres,
nous traversions un bois qui tout-à-coup s'éclaira de plus de
cent flambeaux, portés par des gens à mines épouventables,
qui faisaient le sabat. Et savez-vous qui je vis à leur tête ?

FLORVILLE, *souriant.*

Lucenda, sans doute ?

VINCENT.

Oui, oui, Lucenda. (*regardant autour de lui.*) Mais,
qu'est-elle donc devenue ?

FLORVILLE, *montrant le cabinet.*

Elle est là. Mon cher Vincent, elle est charmante ! Je
n'épouse plus Emilie.

VINCENT.

Que dites-vous ? cette femme vous aurait...

LA FILLE, *qui venait de passer pour porter un bouillon dans*
le cabinet, dit, en rentrant sur la scène.

Où sont donc ces dames ? j'les croyais dans c'te chambre.

FLORVILLE.

Comment ? elles y sont entrées à l'instant même !

LA FILLE.

N'y a pus personne.

FLORVILLE.

C'est impossible ! (*il court voir à l'entrée du cabinet.*) Il
y a une porte là-bas dans le fond : c'est par là, sans doute...

LA FILLE.

C'te porte n'ouvre qu'dans la cuisine ; et j'les aurions ben
vues.

VINCENT.

Là !

LA FILLE.

Leux gens étiant encore tout-à-l'heure autour d'leu voiture. Voyons donc ça. (*elle court à la fenêtre.*) Ma fine, y n'y a pus ni gens, ni voiture. N'y a qu'la vot', monsieur ; où c'que les chevaux sont là qui vous attendont.

FLORVILLE, *après avoir regardé lui-même à la fenêtre, prenant la main de la fille et l'examinant.*

Et vous aussi, ma petite.   (*la fille se sauve.*)

VINCENT.

Et vous épouseriez cette femme-là ? Mais, si c'était le diable ?

FLORVILLE, *hors de lui.*

Elle sera ce qu'elle voudra : je ne puis plus vivre sans elle. Partons, Vincent.   (*il sort précipitamment.*)

VINCENT.

Il me fait trembler ! Je parie qu'elles sont déjà à nous attendre à la première poste. Oh ! je n'arriverai jamais vivant à Paris !   (*il suit son maître.*)

Fin du second Acte.

ACTE III.

Le théâtre représente un beau salon de la maison de madame de Forlis, à Paris.

SCENE PREMIERE.

Mad. DE FORLIS, *en habit du matin et en peignoir,* **LYSIMON.**

LYSIMON.

Oui, madame, mon neveu est arrivé à la pointe du jour.

Mad. DE FORLIS, *souriant avec intention.*

Bien fatigué probablement d'une si longue route ? puis l'insomnie et l'inquiétude naturelle à un homme qui va voir, pour la première fois, la personne qu'il vient épouser, tout cela devait répandre sur sa figure un air soucieux et chagrin que je crois voir d'ici, et que vous aurez remarqué sans doute ?

LYSIMON.

Il ne m'en a pas laissé le tems. A peine ai-je eu celui de l'embrasser. Il s'est aussitôt jeté sur un lit. Cependant je viens d'apprendre en sortant, qu'il est éveillé et qu'il s'occupe à se rendre présentable pour venir saluer votre aimable nièce et faire enfin connaissance avec sa prétendue ; mais il y a bien long-tems que je ne l'ai vue cette chère Emilie. Cette longue privation commençait à me devenir pénible, au moins.

Mad. DE FORLIS.

Emilie n'est revenue que cette nuit de la campagne, où je vous ai dit qu'elle était allé voir une amie. Mais, savez-vous, mon cher Lysimon, que l'empressement à vous informer de ses nouvelles, que je vous remarque depuis son absence, me ferait penser qu'il était tems que votre neveu arrivât.

LYSIMON.

Eh ! eh ! madame, malgré les soixante ans qui me menacent, je ne suis point encore insensible au plaisir de voir une belle, et si j'ai seulement l'occasion de lui serrer la main, cela me rappelle de vieux souvenirs et de jeunes pensées.

Mad. DE FORLIS.

Avec ces façons galantes, on est aimable à nos yeux à tout âge, M. Lysimon.

SCENE II.

LES PRÉCÉDENS, VINCENT.

Mad. DE FORLIS, *voyant Vincent qui entre en hésitant.*

Que voulez-vous, mon ami ?

LYSIMON.

Ah ! c'est le valet de Florville. Eh bien, Vincent, ton maître va-t-il venir ?

VINCENT, *s'approchant mystérieusement de Lysimon.*

Non, monsieur, il ne vient pas ; mais voici sa lettre...

LYSIMON.

Donne.

VINCENT, *lâchant la lettre avec peine.*

Il serait bon que vous fussiez seul pour la lire.

LYSIMON.

Pourquoi seul ?

VINCENT.

Oh ! c'est qu'alors on a ses coudées franches, et l'on peut se fâcher, sans offenser personne !

LYSIMON.

Tu crois donc que je me fâcherai.

VINCENT, *tranquillement.*

Tout-à-l'heure, monsieur. (*il va pour s'esquiver.*)

LYSIMON.

Vincent, je t'ordonne de rester.

VINCENT, *à part, revenant.*

Aye ! aye ! il va voir que son neveu rompt tout absolument !

Mad. DE FORLIS.

Qu'y a-t-il donc ?

LYSIMON.

Je crains bien, madame...Voulez-vous me permettre...

Mad. DE FORLIS.

Vous vous moquez ! ne formons-nous pas bientôt la même famille ?

(Lysimon décachète la lettre et y jette un coup-d'œil.)

VINCENT, *à part.*

Voilà la crise ! (*Lysimon paraît agité.*)

Mad. DE FORLIS.

Eh bien, qu'est-il arrivé à mon futur neveu ? Vous paraissez troublé ?

LYSIMON, *dans le plus grand embarras pour retenir sa colère devant mad. de Forlis.*

Madame... votre futur neveu... (*bas à Vincent qui recule de peur.*) Comment, le misérable !... (*à mad. de Forlis.*)

Florville ne peut venir en ce moment, parce que... *(à part.)* J'étouffe !

Mad. DE FORLIS, *tranquillement.*

Vous m'effrayez, monsieur : votre agitation, votre colère...

LYSIMON, *respirant à peine.*

Je ne suis point du tout en colère, madame... *(à part.)* Le malheureux !

Mad. DE FORLIS.

Pardon ! Florville est donc malade ?

LYSIMON.

Malade ? — il est fou, fou à lier.

Mad. DE FORLIS.

Que me dites-vous ?

LYSIMON.

Enfin, madame, il faut bien que vous le sachiez, et voilà mon embarras. Tenez, lisez sa belle épître.

(Il va se jeter dans un fauteuil où il s'agite beaucoup.)

Mad. DE FORLIS.

Voyons.

LYSIMON, *à Vincent tandis que mad. de Forlis lit.*

La connais-tu cette Lucenda ?

VINCENT.

Autant qu'on peut connaître quelqu'un que personne ne connaît.

Mad. DE FORLIS, *riant.*

Ah ! ah ! ah ! il est fou, dites-vous ? Mais je ne vois en lui qu'un homme amoureux.

LYSIMON.

N'est-ce pas la même chose ?

Mad. DE FORLIS.

Ah ! monsieur Lysimon, ce n'est plus la votre galanterie ordinaire.

LYSIMON, *se levant.*

Comment, vous riez, madame ? quand vous voyez Florville, (car je ne veux plus l'appeller mon neveu) n'arriver à Paris que pour refuser votre charmante nièce ! lui préférer une avanturière qu'il a rencontrée à Bruxelles, et qu'il ne connaît encore que par la sottise qu'elle lui fait faire ! *(à Vincent le prenant au colet.)* Approche ici, toi.

VINCENT, *tremblant.*

Mais, monsieur, je ne refuse personne, moi !

LYSIMON.

Dis-nous vîte ce que c'est que cette femme-là.

VINCENT.

Monsieur, c'est une femme fort extraordinaire, qui a le

secret de devancer tous les chevaux de poste et de se trouver toute établie dans les lieux où l'on arrive, sans qu'on puisse deviner par quels moyens elle y est venue. Enfin, s'il faut vous dire ce que j'en pense, je crois que mon pauvre maître est ensorcelé.

LYSIMON.

Où est-elle à présent ?

VINCENT.

Qui sait ? mon maître l'attend. Je suis même surpris qu'en arrivant il ne l'ait pas trouvée dans son appartement malgré le double tour qui le ferme. Cela ne lui aurait pas plus coûté que tout ce qu'elle a fait sur la route !

LYSIMON.

Allons, voilà le valet qui en fait une magicienne à présent ! Quoiqu'il en soit, concevez-vous, madame, un tel excès d'extravagance ? Qu'il ne paraisse plus devant mes yeux !

Mad. DE FORLIS.

Modérez cet excès de ressentiment. Monsieur votre neveu ne nous fait aucune injure, il ne connaissait pas Emilie ; son cœur se trouve pris avant qu'il ne l'ait vue : c'est un accident. Avec le mérite de ma nièce, on s'en console facilement.

LYSIMON.

Lui que j'avais cru si sage, jusqu'à ce jour, se laisser prendre de belle passion pour une inconnue qui n'a d'autre mérite, j'en suis sûr...

Mad. DE FORLIS.

Je lui en suppose beaucoup, au contraire. Pour tourner ainsi la tête d'un sage, il faut un mérite peu commun ; mais je veux qu'il voie ma nièce. Elle est charmante aussi ; et si elle allait lui plaire assez pour effacer de son cœur tout autre impression. Allons, prenez gaîment la chose. Je vais envoyer l'inviter à dîner.

LYSIMON.

Vous oubliez donc, qu'il dit dans sa lettre qu'il ne veut pas absolument venir vous voir ?

Mad. DE FORLIS, *s'approchant d'une table à écrire.*

Je le sais ; mais il viendra cependant. (*à Vincent.*) Il est sans doute encore chez lui ?

LYSIMON.

Il n'a pas garde d'en bouger ; et sa dame donc qu'il attend ! il espère, pour le moins que pour prix de son beau sacrifice, cette belle va percer le plafond de sa chambre et descendre auprès de lui, comme une divinité.

Les Amans en poste.   F

VINCENT.

Monsieur, elle en est bien capable.

LYSIMON

Je crains bien que vous ne preniez une peine inutile. Ce qu'il y a de désespérant, c'est que lorsqu'un sage fait une sottise, aucune puissance ne l'en détournerait, car c'est encore sagement qu'il la fait. Indigne neveu ! tu paieras cher...

Mad. DE FORLIS, *achevant d'écrire.*

Savez-vous que vous n'êtes pas trop aimable, cher oncle ? (*elle ferme le billet.*) Je croyais que mon exemple vous aurait mieux profité. (*appelant.*) Quelqu'un ? (*un domestique paraît.*) Chez M. Lysimon, à M. Florville. Ne dites pas de quelle part. Allez vite.

VINCENT.

Mais, madame, je pourrais...

Mad. DE FORLIS.

Non ; j'ai besoin de vous ; restez. (*à Lysimon.*) Comme vous ne demeurez qu'à deux pas, je serai bien trompée s'il n'est ici dans la minute.

LYSIMON.

Que lui dites-vous donc, madame ?

Mad. DE FORLIS.

Rien, et c'est ce qui le fera accourir. Mon billet est anonime ; c'est une dame inconnue qui l'intéresse et qui le prie de passer ici. Vous jugez bien qu'il va croire aussitôt que c'est sa merveilleuse dame.

LYSIMON.

Mais il a votre adresse ?

Mad. DE FORLIS.

Oui, l'adresse ordinaire ; mais la porte qui donne dans l'autre rue ?... trouvez-vous que je m'y sois prise maladroitement ? Je vais achever ma toilette et engager ma nièce à ajouter quelque chose à la sienne. Il faut qu'elle se mette sous les armes, cette chère enfant ! ce n'est pas une petite chose que d'avoir à lutter contre une passion de roman. (*à Vincent.*) Vincent, voici ce que je veux de vous. Vous allez descendre à l'office ; vous y trouverez mon maître d'hôtel... qui vous fera déjeûner.

VINCENT.

Comment, c'est là...

Mad. DE FORLIS.

Oui, c'est tout, allez.

VINCENT.

Madame, j'exécuterai votre ordre avec tout le zèle dont je suis capable. (*il sort.*)

Mad. DE FORLIS, *à Lysimon.*

Vous comprenez que l'indiscrétion du valet aurait pu empêcher le maître de venir. Pardon si je vous laisse un instant seul. Votre neveu va venir. Ne faites pas trop l'oncle, je vous en prie : grondez-le avec modération, si vous ne voulez pas que je vous gronde impitoyablement. (*elle sort.*)

SCENE III.

LYSIMON, *seul.*

Grace au caractère charmant de madame de Forlis, me voilà un peu remis de la confusion où m'avait jetté d'abord le sot message de mon extravagant. Mais le voilà déjà !

SCENE IV.

FLORVILLE, LYSIMON.

FLORVILLE, *avec étonnement en voyant son oncle.*
Mon oncle ! ici !

LYSIMON.
Eh bien, monsieur, c'est donc ainsi que vous vous jouez de mes bontés ? me laisser l'humiliation de retirer une parole que vous m'aviez chargé vous-même de donner pour vous ! voilà de ces procédés...

FLORVILLE.
Mon oncle, épargnez-moi des reproches que je mérite sans doute. Je m'en veux le premier du chagrin que je vous cause; mais quand il y va du bonheur de ma vie entière, je ne puis balancer un moment.

LYSIMON.
Insensé !

FLORVILLE.
Dites-moi, je vous prie, quelle est cette maison et pourquoi je vous y rencontre ?

LYSIMON.
Vous êtes dans une maison où l'on a pour votre conduite plus d'indulgence que vous n'en méritez, et nous y sommes tous deux invités à dîner.

FLORVILLE.
Mais, où suis-je donc ?

LYSIMON.
Chez madame de Forlis, chez Emilie. C'est bien fâcheux, n'est-ce pas ?

FLORVILLE.
En ce cas, je ne puis absolument rester. Quelle contenance voulez-vous que je garde devant une personne...

LYSIMON.

Ecoute, Florville, je ne me suis point encore fâché. On exige même de moi que je me contienne aujourd'hui. Je veux bien me faire cet effort, et je t'assure qu'il n'est pas petit ; mais complaisance pour complaisance, tu resteras. Et que sais-tu ? peut-être qu'en voyant Emilie, l'amabilité de son caractère, les charmes de sa figure aideront au retour de ta raison, et, réfléchissant mieux...

FLORVILLE.

Oh ! tout est réfléchi.

LYSIMON.

Ton aveuglement est si grand, que tu serais sans doute fâché qu'Emilie te plût.

FLORVILLE

Elle ne me plairait pas, mon oncle ; mais après l'avoir vue, l'injure que lui fait mon refus en serait plus grande. Persister alors, et je persisterais, c'est un affront pour une femme aimable. Ainsi, permettez... (*il va pour sortir.*)

LYSIMON, *entendant quelqu'un.*

Il n'est plus tems ; voilà...

SCENE V.

Mad. DE FORLIS, *en grande parure*, FLORVILLE, LYSIMON.

Mad. DE FORLIS.

Monsieur allait se retirer, je crois ? Mais en vérité, vous êtes aimable ! Comment, on s'empresse pour vous voir, et vous fuyez !

FLORVILLE, *embarrassé.*

Mille pardons, mademoiselle !

LYSIMON, *à part.*

Que dit-il, mademoiselle ?

FLORVILLE.

Avant d'avoir l'avantage de vous connaître, refuser de vous voir, n'était point...

LYSIMON.

Mais, Florville, ce n'est pas...

Mad. DE FORLIS, *vivement à Lysimon.*

Laissez-donc. Il parle comme un ange. (*à Florville.*) Vous ne vouliez pas me voir, disiez-vous ? Comment donc ! je n'imaginais pas que je fusse déjà à faire peur !

LYSIMON, *à part.*

Le voilà en bonne main : comment s'en tirera-t-il ?

FLORVILLE.

Ah ! je vois, mademoiselle, qu'on ne m'avait rien exa-

géré, et, que si j'eusse été libre, il m'eut suffi de vous voir,
pour cesser de l'être.

Mad. DEFORLIS, à Lysimon.

Mais, voyez-donc! c'est à moi qu'il faut que ces choses-
là arrivent! (à Florville.) Quoi, monsieur, là... bien sin-
cèrement, à travers l'amoureuse illusion dont vos yeux sont
éblouis, vous entrevoyez encore que j'aurais pu vous
plaire?

FLORVILLE.

Oui, mademoiselle; à travers ce que vous appellez mon
amoureuse illusion, je vois clairement tout ce que vous
avez de séduisant, pour un cœur non prévenu.

Mad. DEFORLIS.

Mais cela me console vraiment! à défaut de sentimens
plus tendres, il est au moins flatteur de pouvoir inspirer les
choses galantes que vous me dites.

FLORVILLE.

Franchement, je regrette que vous ne vous soyez pas plutôt offerte à mes regards.

Mad. DEFORLIS.

Modérez ces regrets obligeans, je vous en prie. Savez-
vous que je ne voudrais pas vous voir amoureux de moi?
cela ne m'irait pas du tout.

FLORVILLE, souriant.

C'est-à-dire que, dans ce cas, je n'aurais pas le bonheur
de vous plaire?

Mad. DEFORLIS.

Ah! par exemple, avec vos dispositions, cette curiosité
ne vous va pas non plus. (à Lysimon.) M. Lysimon, je
voudrais, pour beaucoup, que quelqu'un que vous connaissez fût là quelque part aux écoutes... Ah! ah! ah! Le cher
M. de Forlis ne saurait que penser de notre conversation...
Ah! ah! ah!

FLORVILLE.

M. de Forlis? Ce n'est donc pas à mademoiselle Emilie...

Mad. DEFORLIS.

Non, monsieur. C'est à sa tante que vous adressez ainsi
vos aimables excuses. Je ne vous aurais pas laissé dire si
long-tems, au moins, si vous aviez été dans d'autres dispositions.

FLORVILLE.

Mon oncle, vous ne m'aviez pas prévenu. Pardonnez,
madame...

Mad. DEFORLIS.

Voyez le grand malheur! Quelle femme pourrait, en cons-

cience, se fâcher de pareilles méprises ? Vous n'avez pas ju-
gé à propos de me trouver l'air tante ; il faut bien que je m'en
console. Mais, vous allez voir ma chère Emilie.

FLORVILLE.

Madame, si vous pouviez me dispenser...

Mad. DEFORLIS.

Quel est donc votre embarras ? Ma nièce n'est pas plus mé-
chante que moi. Vous vous excusez d'ailleurs avec tant de
graces ! (*on entend accorder des instrumens dans la pièce
du fond.*) Ah ! il faut que j'aille parler à nos musiciens.

LYSIMON.

Est-ce que vous donnez bal ou concert, madame ?

Mad. DEFORLIS.

C'est une petite fête que nous avions préparée pour la noce ;
mais, quoique la nouvelle résolution de monsieur la rende
sans objet, elle n'aura pas moins lieu. Je vais dire à mon
Emilie qu'il faut qu'elle se hâte, si elle veut vous voir. N'al-
lez-pas nous échapper, monsieur : car, il ne serait pas juste
que la nièce fût moins favorablement traitée que la tante.

(elle sort.)

SCENE VI.

FLORVILLE, LYSIMON, VINCENT,

qui entre au moment où madame de Forlis sort.

FLORVILLE, *à Vincent.*

Tu es encore ici, Vincent ?

VINCENT.

Ma foi, monsieur, je resterais volontiers toute ma vie dans
une maison où l'on déjeûne si bien. Mais, que signifie donc
tout le train que je vois ici ? La cour est pleine de voitures.
J'en ai vu descendre beaucoup de femmes jolies et brillantes
d'atours ; et puis il arrive des musiciens chargés de leurs instrumens. D'un autre côté, c'est un feu d'enfer à la cuisine. Enfin, où je me trompe fort, tout cela nous présente
l'appareil d'une noce somptueuse. Est-ce que réellement
vous auriez changé de résolution, et que la beauté de mademoiselle Emilie...

FLORVILLE.

Je ne l'ai pas même encore vue !... Vincent, je suis au dé-
sespoir. — Vous le voyez, mon oncle ; puis-je décemment
rester avec tout ce monde ? Et puis, je suis bien disposé
pour une fête, en vérité ! Tenez, chargez-vous de mes excuses ; je sors. Il m'est impossible...

LYSIMON.

Parbleu, mon neveu, c'est trop fort ! Tu resteras, ou...
(*On entend jouer l'andantino de l'air de Dorine au premier acte.*)

FLORVILLE, *écoutant.*

Qu'entends-je ?

VINCENT.

Eh mais ; c'est sur cet air là qu'hier la bohémienne Dorine a conjuré Lucenda.

SCENE VII ET DERNIERE.

LES PRÉCÉDENS, EMILIE, Mad. de FORLIS, DORINE,
Danseurs et Danseuses.

(*L'air continue ; la porte du fond s'ouvre. Des danseurs et danseuses, en nymphes et génies entrent sur la scène. Les nymphes portent des corbeilles remplies de fleurs et des guirlandes ; madame de Forlis entre suivie d'Emilie ou Lucenda , qui est dans une parure éblouissante. Un grouppe de nymphes l'enveloppe de leurs guirlandes. Dorine vient ensuite.*)

FLORVILLE, *appercevant Emilie.*

Que vois-je ? Lucenda !

LYSIMON, *étonné.*

Que dit-il ? Lucenda ?

Mad. DE FORLIS.

Voyez, ma nièce , si vous aurez plus de pouvoir que moi pour retenir monsieur qui veut absolument nous échapper.

(*Vincent reste stupéfait, fixant Lucenda , la bouche béante.*)

FLORVILLE.

Quoi ? c'est vous , charmante Emilie ! c'est vous que j'adorais sous le nom de Lucenda !

EMILIE.

Vous m'avez sacrifié Emilie et sa fortune, et Lucenda satisfaite de son triomphe vous donne, en récompense, le cœur et la main de cette Emilie que vous ne pensiez pas aimer si tendrement.

LYSIMON,

Mais je ne conçois pas encore...

[Dorine frappe sur l'épaule de Vincent.]

VICENT, *se retournant.*

Eh ! je vous attendais aussi , ben mio !

FLORVILLE, *à Emilie.*

Rien n'égale mon ravissement ! mais par quels prestiges avez vous pu...

V I N C E N T , *à part.*

Je suis curieux d'entendre cela par exemple. (*il écou
tentivement.*)

E M I L I E.

Mon cher Florville, j'ai voulu voir, avant qu'il me
nnt, l'époux qui m'était destiné ; je remarquai bientôt
sans croire à la magie, vous aimiez beaucoup tout ce qui
un caractère mystérieux, et déjà vivement intéressée à
plaire , je m'appliquai à vous servir selon votre goût.

F L O R V I L L E.

Mais ce voyage, où, sous diverses apparences, vou
précédiez partout ?

V I N C E N T, *à part , redoublant d'attention.*
Là ! oui.

E M I L I E.

L'or a tout fait ; il avait acheté la discrétion des aub
tes ; des relais disposés sur des routes de traverse me
naient partout l'avance d'une heure ou deux. Les ch
vous manquaient aux endroits où je voulais vous ar
Dorine que vous ne connaissiez pas , était partie long
auparavant : et c'est elle qui sut préparer les scènes qu
ont tant intrigué pendant ce voyage. Voilà tout.

L Y S I M O N , *à madame de Forlis.*

Et vous ne m'aviez pas prévenu !

Mad. D E F O R L I S.

Vous n'auriez pas grondé si naturellement ce cher 1
et nous étions devinées.

D O R I N E.

Voilà pourtant ces messieurs qui voulaient crever t
chevaux pour nous fuir !

V I N C E N T.

Parbleu ! quand on mène l'amour en poste , comm
faites, il a bientôt gagné pays.

(Les principaux personnages vont s'asseoir à l'un des côtés de
et un ballet termine la pièce.]

F I N.